LE PETIT TYRAN

TEXTE

PAR P. J. STAHL

DESSINS PAR ADRIEN MARIE

GRAVURES PAR PANNEMAKER

BIBLIOTHÈQUE
DU MAGASIN D'ÉDUCATION ET DE RÉCRÉATION
J. HETZEL, 18, RUE JACOB
PARIS

LE PETIT TYRAN

LE PETIT TYRAN.
DESSINS D'ADRIEN MARIE
TEXTE DE P. J. STAHL
J. HETZEL EDITEUR
18 RUE JACOB 18

LE PETIT TYRAN

DESSINS

PAR ADRIEN MARIE

TEXTE

PAR P. J. STAHL

BIBLIOTHÈQUE
DU MAGASIN D'ÉDUCATION ET DE RÉCRÉATION
J. HETZEL, 18, RUE JACOB
PARIS

STRASBOURG, TYPOGRAPHIE DE G. SILBERMANN

LE PETIT TYRAN

I

Je veux bien croire que le petit Paul n'a pas conscience du mal qu'il fait; mais, à le juger par ses actes, c'est un désagréable petit être : un vrai tyran pour tout ce qui l'approche. Sa pauvre sœur, une créature vraiment angélique, est son souffre-douleurs: on l'a chargée d'aider le petit Paul à s'habiller; regardez comme le vilain garçon, au lieu de la remercier, la traite.

II

Le grand-père a apporté un ballon au petit Paul, mais il a apporté aussi une jolie poupée à Mathilde. Mathilde est toute à sa joie d'avoir une si belle petite fille, mais Monsieur Paul!! ah quel regard il jette sur la poupée de sa sœur, tout en emportant son gros ballon. Est-ce que, par-dessus le marché, il serait envieux, Monsieur Paul?

III

Donnez donc des joujoux à un pareil petit garçon. Savez-vous ce qu'il fait de son beau ballon, Monsieur Paul? Sitôt qu'il a été seul, il s'est armé d'un grand couteau, et l'a crevé. On a dit à Monsieur Paul qu'il n'y avait que du vent dans son ballon, il a voulu voir le vent!

LE PETIT TYRAN

IV

Ah ceci est horrible! Dans sa rage d'avoir si sottement crevé son ballon, et de n'avoir pas vu le vent..., Monsieur Paul a été sournoisement dans le salon où il savait qu'était la poupée de sa sœur, et une fois là, prenant en traître l'infortunée poupée, il se venge sur elle, et lui tranche la tête! Puisque son ballon est abîmé, il trouve que la poupée de sa sœur doit être abîmée aussi. Ces choses-là sont pour faire frémir.

V

Mais les méchants sont toujours punis : Monsieur Paul s'est gravement coupé en accomplissant son forfait. Son sang coule... A ses cris, la trop bonne Mathilde est accourue; elle a bien vu tout de suite que la tête de sa poupée n'était plus à sa place; mais, oubliant le chagrin que lui causait un si lamentable spectacle, elle n'a pensé qu'à venir au secours du coupable.

VI

Si on pouvait jamais dire qu'il ne faut pourtant pas pousser la bonté trop loin, ce serait le cas pour Mathilde! Bien qu'elle soit désolée de ce que Paul a fait à sa poupée, sa bonté l'emporte, et voilà qu'elle panse la main du méchant garçon.

S'il avait du cœur, Monsieur Paul, comme il serait honteux d'avoir à accepter des services de celle à laquelle il a fait, exprès, un si grand chagrin!

LE PETIT TYRAN

VII

Pendant quelques jours, Monsieur Paul a été moins méchant. Bien vite, trop vite, Mathilde a tout oublié. « Il est trop petit, dit-elle, il ne sait pas ce qu'il fait. » A mon avis, les enfants ne sont jamais assez petits pour ne pas savoir du tout quand ils font mal. Mathilde avait, le matin, à aller chez sa tante. — Viens avec moi, a-t-elle dit à Paul. — Dans la voiture, a répondu Monsieur Paul : tu seras le cheval, et moi je fouetterai ; — et, comme il l'a dit, il le fait.

VIII

Ce n'est pas tout, il y a dans la route un ruisseau à traverser. — Porte-moi, dit Monsieur Paul, qui a peur que sa voiture ne verse en passant l'eau. — La pauvre Mathilde obéit à son tyran. Vous croyez que le méchant Paul va être touché, pas du tout! même pendant qu'elle le porte, il la fouette encore; est-ce que quelque chose ne dit pas à Monsieur Paul qu'il est un abominable petit être?

IX

Ce n'est pas tout encore. Le ruisseau passé : « Va chercher ma voiture, a dit Monsieur Paul. » En repassant l'eau, Mathilde a glissé, elle est tombée sur les pierres humides. — « Viens m'aider, crie-t-elle à son frère. » — Au lieu de l'aider, savez-vous ce que fait Monsieur Paul? Il se sauve en se moquant d'elle. C'est monstrueux — s'il y avait un seul petit garçon capable de tant de noirceurs parmi ceux qui me lisent, je n'achèverais pas cette histoire.

X

Un peu plus loin, à la porte de la chaumière de Claude le charretier, Mathilde et Paul rencontrent Pierrot, le petit garçon de Claude. Mathilde avait deux pommes dans sa poche, elle les lui donne. Pierrot est bien content, mais Monsieur Paul n'a pas l'air satisfait que sa sœur se permette d'être bonne — pour un autre que lui.

XI

Claude a tout vu; pour récompenser Mathilde de sa bonne grâce envers son Pierrot, il décroche du mur une cage dans laquelle il y avait un chardonneret, bien apprivoisé, et l'offre à Mathilde. Monsieur Paul est fort étonné que ce soit à sa sœur et non à lui que Claude ait quelque chose à donner.

C'est encore de l'envie.

XII

Le vilain jaloux n'a pas voulu rester plus longtemps dans un endroit où personne n'avait seulement l'air de le regarder. D'ailleurs, Pierrot se permettait de jouer avec son équipage. Monsieur Paul ne peut pas souffrir une chose comme celle-là, et, prenant la voiture par le timon, il part comme un trait. Pierrot, qui aime déjà la bonne Mathilde, voudrait retenir la voiture; Monsieur Paul se fâche tout à fait.

XIII

Il donne une grande secousse, et le bon petit Pierrot tombe les quatre fers en l'air. Cela fait beaucoup rire ce mauvais cœur de Paul. Qu'est-ce que cela lui fait, à lui, que les autres aient du mal? Il est pourtant assez douillet, Monsieur Paul, pour savoir que le mal n'est bon pour personne.

LE PETIT TYRAN

XIV

Au bout de quelques jours, Monsieur Paul, qui trouve que sa sœur consacre bien du temps à son chardonneret, et qui est jaloux aussi que le petit oiseau aime mieux sa sœur qui le soigne si bien, que lui qui le tourmente sans cesse, Monsieur Paul conçoit un exécrable projet, et l'exécute, sans se donner même la peine de réfléchir aux suites terribles qu'il peut avoir. Pendant que Mathilde, sans défiance, donne à manger à son oiseau, Monsieur Paul le vise avec un gros livre.

XV

La méchanceté de Monsieur Paul a réussi. Le pauvre petit chardonneret est mort sur le coup...

Monsieur Paul n'aurait peut-être pas voulu ça; il est comme stupéfait du résultat de son idée, il sent bien qu'il a fait là une très-mauvaise action. Mais le mal est fait : Mathilde pleure.... et l'oiseau ne bouge plus.

XVI

Est-ce qu'il sera mort encore demain? dit tout bas Monsieur Paul atterré. Le petit malheureux ne sait donc même pas que la mort, c'est pour toujours! La pauvre Mathilde essaie en vain de ressusciter celui qu'elle aimait tant. Monsieur Paul commence à comprendre que les mauvaises actions sont irréparables.

Le remords est enfin entré dans son cœur.

XVII

Plus d'espoir! c'est fini! Paul voudrait bien pouvoir effacer sa faute en se rendant utile, et il a proposé à sa sœur de l'aider à enterrer le petit oiseau sous le rosier de son petit jardin. Mathilde l'a laissé faire... — Paul suit sa sœur — le chemin qui conduit au jardin de Mathilde est inondé de ses larmes. Paul, consterné, ne peut même pas pleurer.

XVIII

Après la triste cérémonie, les deux enfants sont revenus à la maison. A la vue de la cage vide de son cher petit oiseau, Mathilde ne peut se retenir de pleurer encore. Paul est bouleversé du chagrin de sa sœur. Sa conscience est enfin remuée jusque dans ses profondeurs.

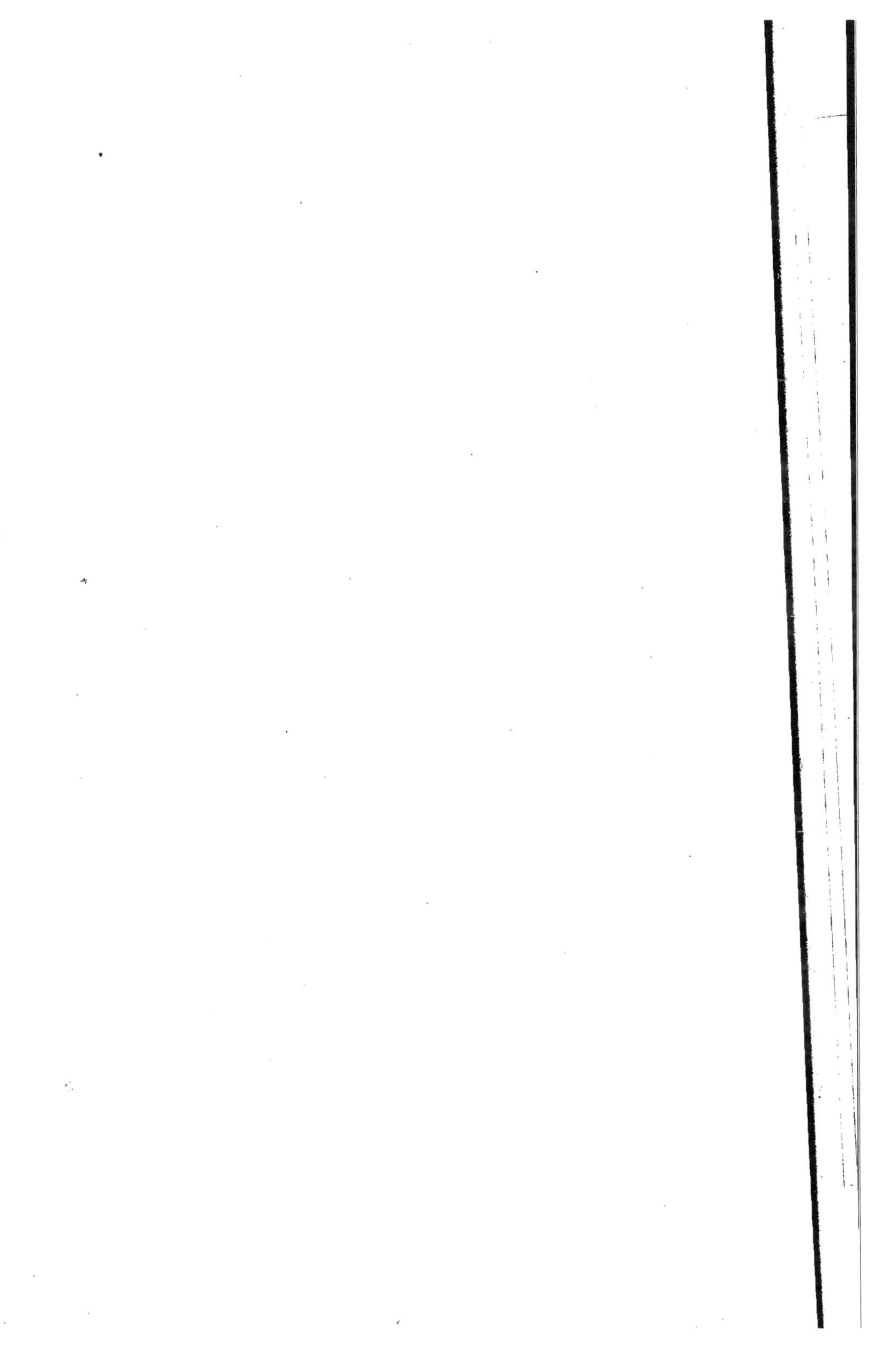

XIX

Appuyé sur la table du salon, il a tant et tant pleuré qu'il a fini par s'endormir, mais d'un sommeil très-agité. Il rêve, et dans son rêve il croit voir une foule de petits oiseaux qui l'accablent de reproches, il croit les entendre l'appeler : « Méchant ! Méchant. »

XX

Paul est sorti de ce mauvais sommeil avec la fièvre; la nuit, il s'est cru poursuivi par les plaintes des petits oiseaux lui redemandant, celui-là leur fils, celui-ci son frère, les autres leur camarade. Le matin, il est malade tout à fait. Devant son repentir et sa maladie, ses parents, et la bonne Mathilde elle-même, ne pensent plus qu'à le soigner.

XXI

Touché du dévouement de sa petite sœur, Monsieur Paul, se trouvant seul avec elle, l'embrasse et lui demande pardon. Il sait qu'il a été par trop méchant, il promet d'être si bon, si bon et pour toujours, que la bonne Mathilde lui pardonne, et cette fois elle a raison, car le repentir du pauvre Paul est sincère.

XXII

Aujourd'hui c'est la fête de Mathilde. La maman de Paul lui a permis d'acheter, sur sa petite bourse, une belle cage et un autre chardonneret, pour l'offrir à sa sœur. Monsieur Paul serait content tout à fait si le joli chardonneret pouvait être le premier petit oiseau de Mathilde. Mathilde pense de même, mais elle fait exprès de ne pas le dire, parce qu'elle était heureuse de voir son cher petit frère tout à fait corrigé.

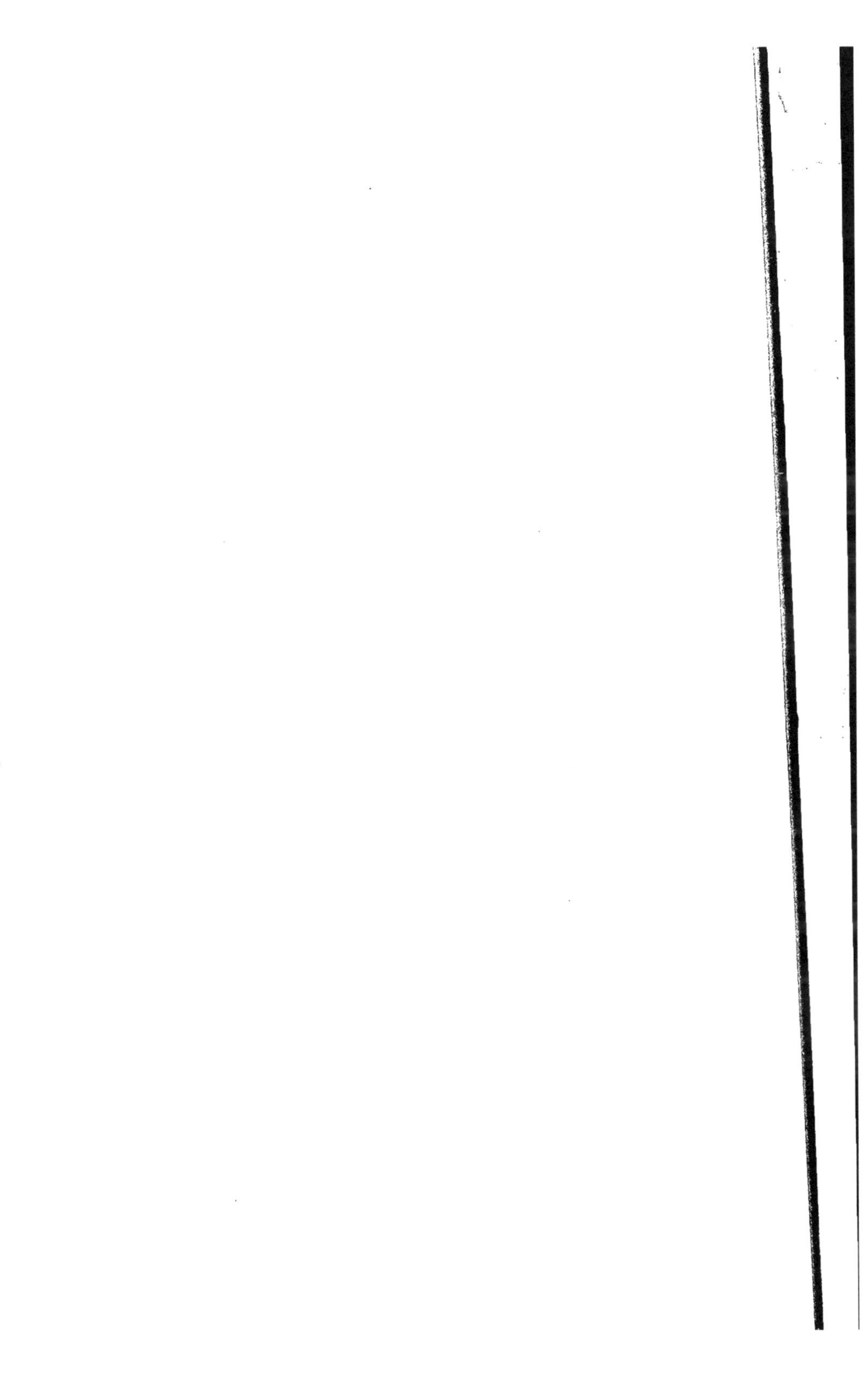

www.ingramcontent.com/pod-product-compliance
Ingram Content Group UK Ltd.
Pitfield, Milton Keynes, MK11 3LW, UK
UKHW020351220726
13923UKWH00004B/1610